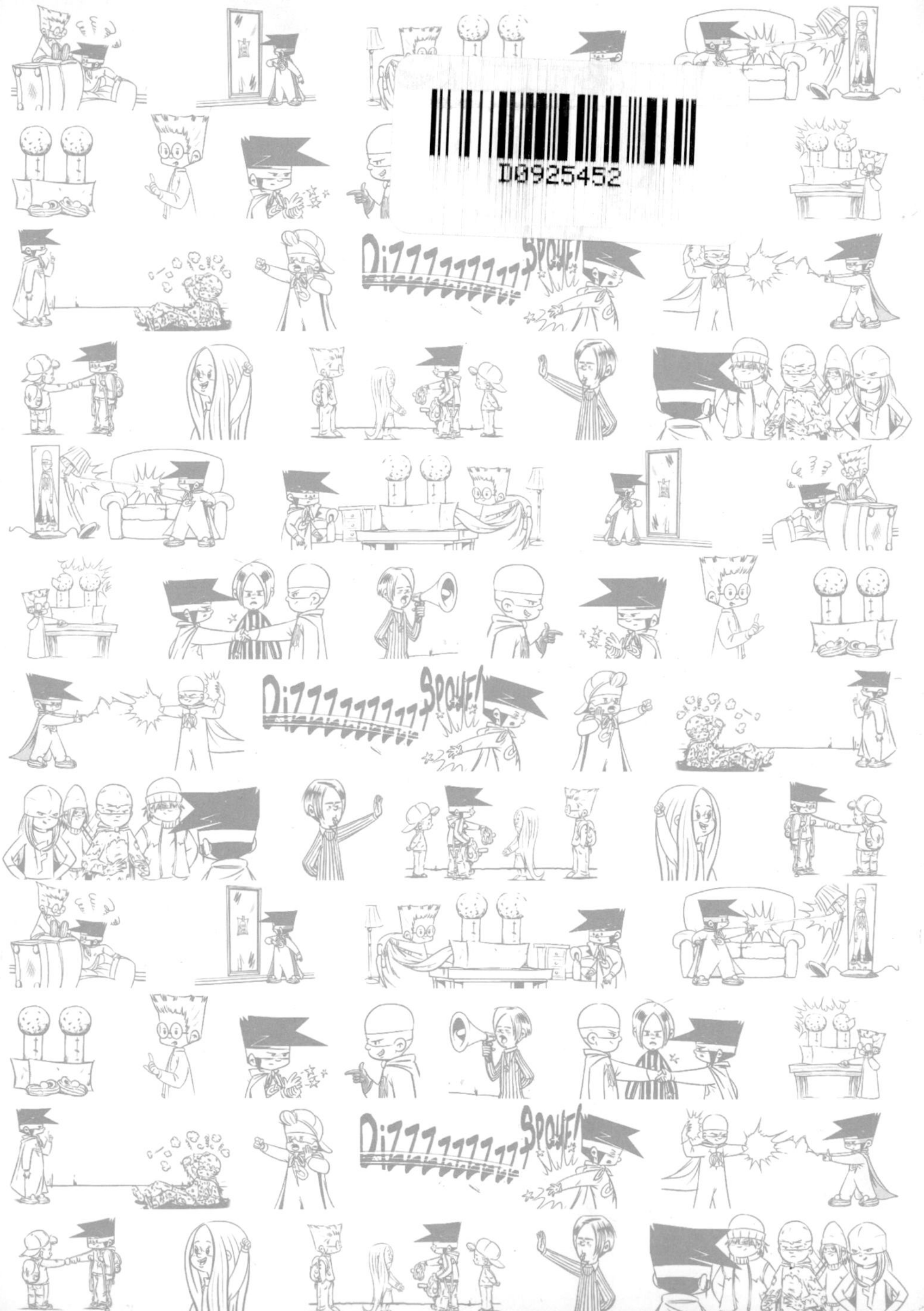
Dizzzzzzzzzz SPOUF!
Dizzzzzzzzzz SPOUF!
Dizzzzzzzzzz SPOUF!

CAPITAINE TATIC

LE DUEL
DES SUPER-HÉROS

Des mêmes créateurs aux Éditions Québec Amérique

SÉRIE CAPITAINE STATIC

Capitaine Static 7 – Les FanaTICs!, bande dessinée, 2015.

Capitaine Static 6 – Mystère et boule de gomme!, bande dessinée, 2013.

Capitaine Static 5 – La Bande des trois, bande dessinée, 2012.

Capitaine Static 4 – Le Maître des Zions, bande dessinée, 2010.
  • **Finaliste au prix Tamarack 2012**

Capitaine Static 3 – L'Étrange Miss Flissy, bande dessinée, 2009.
  • **Finaliste au prix Joe Schuster (Canada)**
  • **3ᵉ position au Palmarès Communication-Jeunesse 2010-2011**
  • **Sélection 2011 de La revue des livres pour enfants
    (Bibliothèque nationale de France)**

Capitaine Static 2 – L'Imposteur, bande dessinée, 2008.
  • **Finaliste au prix Bédélys Jeunesse 2009**
  • **4ᵉ position au Palmarès Communication-Jeunesse 2009-2010**

Capitaine Static 1, bande dessinée, 2007.
  • **Lauréat du prix Hackmatack, Le choix des jeunes, 2009**
  • **Prix du livre Distinction Tamarack 2009**
  • **2ᵉ position au Palmarès Communication-Jeunesse 2008-2009**
  • **Finaliste au prix Bédélys Jeunesse 2008**
  • **Finaliste au prix Réal-Fillion du Festival de la bande dessinée francophone de
    Québec 2008**
  • **Finaliste au prix Bédéis Causa 2008**
  • **Finaliste au prix du livre jeunesse de la Ville de Montréal 2008**

Du même auteur aux Éditions Québec Amérique

Petit Homme et le géant qui fait prouttt!, Petit Poucet, 2015.
Le géant qui sentait les petits pieds, Petit Poucet, 2014.
  • **Prix Québec/Wallonie-Bruxelles de littérature de jeunesse 2015**
Les Merveilleuses Jumelles W., roman, 2012.
Le Chat de garde, roman, 2010.
Récompense promise : un million de dollars, roman, 2008.

Alain M. Bergeron et Sampar

CAPITAINE STATIC

LE DUEL
DES SUPER-HÉROS

Québec Amérique

Projet dirigé par Stéphanie Durand, éditrice
Conception de la grille originale : Karine Raymond
Mise en pages : Sara Tétreault
Révision linguistique : Isabelle Rolland

Québec Amérique
329, rue de la Commune Ouest, 3ᵉ étage
Montréal (Québec) Canada H2Y 2E1
Téléphone : 514 499-3000, télécopieur : 514 499-3010

Nous reconnaissons l'aide financière du gouvernement du Canada par
l'entremise du Fonds du livre du Canada pour nos activités d'édition.

Nous remercions le Conseil des arts du Canada de son soutien. L'an dernier,
le Conseil a investi 157 millions de dollars pour mettre de l'art dans la vie
des Canadiennes et des Canadiens de tout le pays.

Nous tenons également à remercier la SODEC pour son appui financier.
Gouvernement du Québec – Programme de crédit d'impôt pour l'édition
de livres – Gestion SODEC.

**Catalogage avant publication de Bibliothèque et Archives nationales
du Québec et Bibliothèque et Archives Canada**

Bergeron, Alain M.
Capitaine Static. 8, Le duel des super-héros
Bandes dessinées.
Pour les jeunes.
ISBN 978-2-7644-3050-7 (Version imprimée)
ISBN 978-2-7644-3051-4 (PDF)
ISBN 978-2-7644-3052-1 (epub)
I. Sampar. II. Titre. III. Titre : Duel des super-héros.
PN6734.C358B47 2016   j741.5'971   C2015-941923-9

Dépôt légal, Bibliothèque et Archives nationales du Québec, 2015
Dépôt légal, Bibliothèque et Archives du Canada, 2015

À Stéphanie Durand,
la marraine du Capitaine Static

AVERTISSEMENT

Qui s'y frotte, s'y *TIC !*
Telle est la devise du Capitaine Static.

Les combattants du duel des super-héros

PAUL MAGNÉTIC

Âge : 10 ans

Taille : 1,40 m

Poids : 42 kilos

Voltage : Inconnu

Véritable identité : inconnue

Statut : Super-héros Magné*TIC* !

Principale qualité : Puissance

Pouvoir : Produit et utilise de la foudre en boule

Origine de son pouvoir :
Après avoir été frappé par une boule de foudre

Son avis sur son adversaire :
Il dit n'importe quoi !

Ses *fans* : La Bande Magné*TIC* !

Sa devise : Ce n'est pas Sta*TIC* !... C'est Magné*TIC* !

CAPITAINE STATIC

Âge : 10 ans

Taille : 1,25 m

Poids : 37 kilos

Voltage : Inconnu

Véritable identité : Charles Simard

Statut : Super-héros fantas… *TIC* !

Principale qualité : Modestie

Pouvoir : Conserve et utilise de l'électricité statique

Origine de son pouvoir :
Après avoir traversé
un champ électrique

Son avis sur son adversaire :
Il dit n'importe quoi !

Ses *fans* : Les Fana*TIC*s !

Sa devise : Qui s'y frotte,
s'y *TIC* !

Note : Après lui avoir ravi la presque majorité de ses admirateurs, Paul Magnétic a lancé un défi au Capitaine Static. L'issue est de taille : le perdant devra abandonner son statut de super-héros…

Chapitre 1

Les choses ne peuvent pas demeurer ainsi. La ville est trop petite pour deux super-héros de notre trempe. Un combat singulier s'impose…

Le rendez-vous de ce que l'on décrit désormais comme le duel des super-héros a été fixé à samedi prochain, en soirée, dans la cour arrière de l'école.

L'arbitre sera Nikolas Tesla, un adolescent qui est justement arbitre lors de matchs de hockey. Il a accepté le défi sans hésiter, convaincu que sa présence et son autorité suffiront à éviter que l'affrontement dégénère.

L'enjeu est important. Au terme de notre combat, le perdant devra ranger son costume de super-héros et redevenir un citoyen normal dans la ville…

Si Paul Magnétic perd, bien sûr, alors bon débarras! Mais s'il gagne…

Avec le temps, j'ai vite pris goût à la reconnaissance publique, à ce plaisir de jouer un rôle utile dans la société, dans mon quartier, dans mon école…

C'est de ça que me priverait Paul Magnétic? Pas question! Nulle part il ne trouvera plus rude adversaire que moi! Hum… moi non plus, d'ailleurs…

Je ne veux pas décevoir les attentes de tous mes *fans*… Du moins, de ceux qui me restent, surtout depuis que les Fana-**TIC**s! à l'exception de mon fidèle Fred, se sont métamorphosés en des membres de la Bande Magné**TIC**!

Pour ce faire, je me suis associé au jeune le plus intelligent de l'école: mon ami, Van de Graaf. Ses connaissances en matière énergétique pourraient m'être d'un précieux secours pour ce duel.

L'entraînement a lieu dans son sous-sol, sur un plancher de ciment, peint en gris.

Pour notre première séance, en début de semaine, je suis gonflé à bloc, chargé au maximum, prêt à tirer sur tout ce qui bouge, tant que ça s'appelle Paul Magnétic…

Nous discutons ainsi pendant de longues minutes des pouvoirs de Paul Magnétic. Je raconte à mon ami tout ce que j'ai observé à son sujet lors de nos deux rencontres.

On dirait de la foudre en boule.

Chacune de ses frappes était suivie d'une odeur repoussante.

Mon ami se lève et se rend à un petit bureau. Il ouvre le tiroir du haut, fouille des yeux et des mains.

— Ah! C'est là! s'exclame-t-il.

Van de Graaf referme le tiroir et me rejoint.

Il craque une allumette, qui s'enflamme; elle libère, du même coup, une odeur…

— Est-ce que ça sentait… ça?

Je me bouche le nez.

— Oui, c'était ça… Mais en pire!

Van de Graaf éteint la flamme. Mais une lueur continue de briller dans son regard.

C'est du soufre.
Après les orages, souvent,
l'odeur demeure dans l'air.
Ça résulte de la présence
de nombreux éclairs.

De la foudre contre de
l'électricité statique?
C'est un combat
inégal.

Cher Capitaine Static,
ne sais-tu pas que la
foudre, c'est une forme
d'électricité statique?

Ça, je l'ignorais.

On peut travailler toi et moi
à partir de ces informations.
D'accord?

Au cours des jours suivants, nos échanges se transforment en intenses séances d'entraînement.

Je prends ces leçons très au sérieux, car l'enjeu est de taille. J'arrive donc préparé chez les Van de Graaf.

Puisque l'un des exercices est axé sur la rapidité de mes réflexes, le soir, devant un miroir, je travaille à dégainer l'index le plus vite possible.

Pour visualiser plus facilement, j'ai collé la tête chauve de Paul Magnétic sur le miroir, à la hauteur de mon visage. C'est mon admirateur numéro 1, Fred, qui m'a donné la photographie. Il l'a empruntée à Carrie, une ex-Fana… *TIC !*, sans lui dévoiler son intention. Avec beaucoup d'imagination, l'illusion est presque parfaite.

— C'est à moi que tu parles ?

En une seconde, je braque mon doigt entre ses deux yeux et je crie :

Puis, satisfait de ma victoire, mais nullement surpris, je souffle sur le bout de mon index.

— La vitesse devrait l'emporter sur la puissance, croit Van de Graaf pour amorcer notre session d'entraînement.

Je n'aime pas trop qu'il emploie le conditionnel.

— Et la précision ! s'empresse-t-il d'ajouter. Il est capital que chacun de tes tirs atteigne son but. Sinon, tu es cuit…

Je me vois grillé par l'une des boules de feu de Paul Magnétic.

Toujours pour bien me préparer, Van de Graaf a réalisé dans son sous-sol un parcours d'une dizaine de cibles cachées. Il s'agit de panneaux de carton avec la tête de Paul Magnétic.

Mon ami calculera et évaluera mon temps de réaction pour chaque cible.

— Je suis prêt! lui dis-je.

Van de Graaf enfonce un bouton d'une télécommande et des silhouettes surgissent l'une après l'autre. À la fin de ce premier parcours, je peux affirmer haut et fort: mission accomplie! J'ai devancé l'attaque des dix Paul Magnétic. Mais il en faut plus pour impressionner mon ami, qui ne se répand pas en louanges ni compliments.

— C'était seulement un exercice. Pour ton deuxième essai, les Paul Magnétic vont sortir plus rapidement, et pas dans l'ordre initial.

— Un Capitaine Static averti en vaut deux! Sois sur tes gardes, faux Paul Magnétic!

— Trop tard! annonce Van de Graaf. Tu es trop bavard et tu as été touché.

Paul Magnétic s'était dressé à ma gauche.

— Moi? Trop bavard?

Le temps de me retourner et…

— Trop tard encore! soupire mon ami alors qu'un deuxième Paul Magnétic a surgi derrière le fauteuil.

Je désire protester et deux nouvelles figures me surprennent. Je suis zéro en quatre et je n'ai pas tiré une fois.

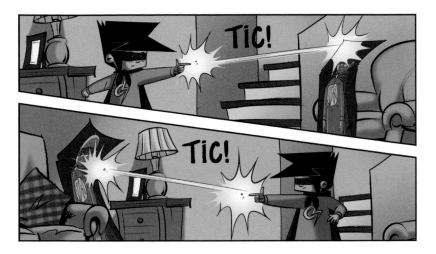

Pour les dernières manifestations cartonnées, je parviens à atteindre la cible deux fois sur six…

Chapitre 2

Mes séances d'entraînement chez Van de Graaf se suivent, mais ne se ressemblent pas. Le vendredi soir, veille de mon affrontement avec Paul Magnétic, mon ami n'a pas prévu pour moi un parcours parsemé de cibles. Ordre de ses parents, je dirais.

Hier, j'ai démoli d'une charge statique une lampe sur pied, près d'une silhouette de Paul Magnétic, qui venait de surgir dans l'angle de mon champ vision. J'ai réagi trop vite et j'ai visé de façon approximative.

Si la lampe avait été mon adversaire, je l'aurais frappée en pleine poire! Le fracas a alerté les parents de Van de Graaf qui ont accouru au sous-sol pour découvrir les dégâts.

Leur fils a pris tout le blâme de l'incident. Ç'aurait pu être pire : il avait placé la cible suivante derrière l'écran du cinéma maison.

Par chance, si l'on peut dire, l'événement n'est pas survenu au début de la semaine, sinon j'aurais perdu mon centre d'entraînement.

Donc, cette fois-ci, je n'aurai pas à tirer… Mais à subir!

— Ce n'est pas tout de toucher la cible, explique Van de Graaf. Il faut savoir également encaisser.

J'ai confiance en l'intelligence de mon ami, mais je la redoute aussi. Qu'a-t-il inventé pour me mettre à l'épreuve ce soir?

Van de Graaf avance une table sur laquelle repose un objet caché sous une couverture. Il la retire en un geste théâtral, tel un magicien qui dévoile au public son prochain truc.

Je repense à cette notion de l'importance de savoir encaisser… Hum…

Un grésillement vient confirmer mes craintes… Van de Graaf a actionné cette machine qui fabrique de l'électricité statique et qu'il avait présentée à l'expo-science de l'école. Les deux sphères, grouillantes d'étincelles, s'échangent des éclairs à un rythme infernal, à ne plus saisir d'où ils naissent.

Van de Graaf désigne une manette de son appareil.

Il s'empare de la télécommande et appuie sur une touche rouge. Aussitôt, une silhouette de Paul Magnétic bondit derrière une porte de chambre entrouverte. Un éclair plus tard, sa tête disparaît, pulvérisée par une charge statique dirigée avec une précision foudroyante par la machine de Van de Graaf.

— Voilà pour ma petite démonstration, applaudit-il avec enthousiasme.

— Tu as perdu la tête? lui dis-je, horrifié.

Van de Graaf retire ses lunettes et en chasse la buée naissante en nettoyant ses verres.

— Non. Pas moi…

Il me raconte qu'il a modifié son appareil pour m'aider à affronter les attaques de Paul Magnétic.

— Si tu t'effondres dès son premier assaut, ce sera terrible pour ta réputation de super-héros.

Je conviens qu'il a raison.

— À la lumière de nos discussions et de certaines informations, j'ai calibré ma machine pour qu'elle produise des éclairs similaires à l'énergie générée par Paul Magnétic.

Je dévisage Van de Graaf, tout en désignant son engin.

Comment réagirait Superman s'il se trouvait devant une tonne de kryptonite verte? Probablement avec le même air ahuri que j'ai à l'heure actuelle! Van de Graaf a tôt fait de me ramener à la réalité.

— Dois-je te rappeler, Capitaine Static, que tu n'es pas en carton? Et que ton corps est capable d'emmagasiner une quantité incroyable d'électricité statique?

Il dit vrai. Dans toute cette histoire, j'en étais presque venu à oublier à quel point je suis un être d'exception…

J'accepte de me plier à l'exercice. Il ne sera pas dit du Capitaine Static que, malgré le danger et la douleur, il recule devant les défis.

Van de Graaf m'invite à me poster à environ trois mètres du générateur.

Ça devrait être la distance entre Paul Magnétic et toi lors de votre duel.

Télécommande à la main, il attend un geste de ma part. Pourquoi mon nez a-t-il piqué à ce moment-là? Quelle mauvaise et stupide idée de lever la main pour le gratter!

Van de Graaf a dû penser que je lui faisais signe. Et je reçois la décharge sur mon épaule. Le souffle me projette sur le fauteuil qui se renverse dans un énorme vacarme.

Je voulais juste me gratter le nez! Je n'étais pas prêt.

Pas prêt? C'est ton excuse à Paul Magnétic s'il t'atteint?

Il pique mon orgueil de super-héros.

— On recommence! dis-je, catégorique.

Chacun reprend sa position.

— Vas-y! lui dis-je.

Un nouvel éclair jaillit du générateur et me heurte de plein fouet. Même en anticipant le choc, je suis soulevé du plancher. Je me retrouve de nouveau dans le fauteuil, un peu plus sonné que tout à l'heure. Il me faut quelques secondes pour recouvrer mes esprits. Je bougonne:

— J'ai trop de choses en tête! Et ça ne règle pas mon problème. Je subirai une raclée en règle… Sa puissance de tir est sans égale… Quelle est la solution? lui dis-je.

— La solution? Tu n'avais qu'à diviser 10 par 2 et tu aurais eu ta réponse…

Une lueur brille soudain dans les yeux de Van de Graaf.

— Tu peux vaincre le feu par le feu! m'avertit-il.

Je m'imagine, armé d'un lance-flammes pour braver Paul Magnétic. C'est très bizarre…

— Si mon appareil te cause autant d'ennuis, c'est parce que tu es statique, juge Van de Graaf.

— Je suis ce que je suis: le Capitaine Static! lui dis-je, croyant qu'il s'agissait d'une évidence.

Mon brillant ami comprend ma méprise.

Non! Statique, dans le sens d'immobile. Tu dois parer l'attaque par une autre attaque. Les deux forces opposées s'annulent. Il te serait aussi possible d'en tirer avantage.

Le brouillard se dissipe dans ma tête. Je vois plus clairement avec les explications de Van de Graaf. Je me mets en
position de combat après m'être assuré que je suis chargé au
maximum.

— On y va? me demande-t-il. À 3. 1-2-3!

Les réflexes aiguisés, je réagis en une fraction de seconde.
Un fulgurant éclair jaillit de la machine à l'instant précis où une
dose d'électricité statique surgit du bout de mes doigts.

Les deux charges se heurtent à mi-distance et engendrent
une lumière éblouissante. Van de Graaf, qui avait prévu le coup,
enfile des verres fumés.

Instinctivement, j'augmente la pression. Comment? Je l'ignore. Je réussis à repousser très lentement le jet de lumière vers son origine.

Cette collision formidable de deux sources d'énergie crée un bourdonnement d'insecte géant et une chaleur intense. Constatant que mon offensive est supérieure à celle déployée par son engin, Van de Graaf multiplie la puissance.

Je ressens immédiatement le changement, puisque le flot d'énergie revient vers moi. Il n'est pas question que je recule. Déterminé, j'accrois mon pouvoir. De quelle façon? Encore là, je n'ai pas de réponse. Visiblement, tout est en moi.

En raison de mon succès, Van de Graaf ajuste son appareil à 6… Puis, après ma réplique, il tourne la flèche du cadran à 8…

L'échange me fatigue. L'épreuve est non seulement mentale, mais aussi très physique. Mes forces me lâchent tranquillement. La charge du générateur s'approche de moi de manière irrésistible. Mon ego de super-héros m'empêche de renoncer. Toutefois, mes batteries sont à plat!

C'est fini!

Subitement, c'est comme si quelqu'un avait éteint les lumières et le son! Le générateur s'est tu…

> Eh! Tu aurais dû continuer. J'étais capable d'en endurer encore.

> Par chance,
> je ne m'appelle pas
> Pinocchio…

— C'est évident, dit Van de Graaf avec un sourire en coin.

Je me laisse tomber sur le fauteuil. La séance d'entraînement a été… énergivore !

— Le test est concluant, observe-t-il en s'assoyant près de moi.

— Paul Magnétic n'a qu'à bien se tenir ! lui dis-je.

Mon ami ne m'écoute plus. Il paraît plongé dans de profondes réflexions. Au bout de quelques secondes, il me tape sur l'épaule. Il affiche une mine sombre.

Il reste un problème technique à régler pour mettre toutes les chances de ton côté. Mais je n'arrive pas à le résoudre…

Chapitre 3

Il y a de l'orage dans l'air… Au sens figuré. Pas au sens propre, car le ciel est étoilé, sans lune. L'éclairage de la scène n'aura donc rien de naturel. La lumière de surveillance dans la cour arrière de l'école fera le boulot.

C'est très inhabituel pour moi de venir ici, en cette soirée du samedi. L'atmosphère est lourde, ce qui tranche des jeux qui se déroulent à cet endroit d'ordinaire, en plein jour.

Des gradins de métal, appuyés contre le mur, sont rapidement envahis par un public composé de jeunes et de curieux qui ont entendu parler de cet affrontement.

Ah! Miss Flissy assiste au duel. Elle est accompagnée de ses Flissynettes. En fait, il s'agit de Gros Joe et de ses compagnons, qui sont déguisés en Miss Flissy. Heureusement pour eux, le ridicule ne tue pas. Sinon, ils seraient raide morts, ceux-là!

Un peu en retrait des gradins, en compagnie de Van de Graaf, j'attends l'annonce de Nikolas Tesla, l'arbitre, pour m'avancer devant l'auditoire.

Pas de signe de Paul Magnétic jusqu'ici, ni de sa Bande Magné*TIC!* Mon adversaire aurait-il eu peur?

Une clameur salue la présence de l'arbitre. Nikolas Tesla a revêtu le chandail rayé qu'il endosse lorsqu'il arbitre les matchs de hockey à l'aréna de la ville. Il a aussi son sifflet qu'il utilise pour calmer le public un peu trop fébrile à son goût.

BIENVENUE À CE DUEL DE SUPER-HÉROS!

Les spectateurs contiennent avec peine leur excitation.

— ***Voici maintenant nos valeureux combattants.***

Il brandit un index vers moi.

— ***À ma droite, le Capitaine Static !***

Les applaudissements, à défaut d'être nourris, sont polis…
Prétendre que cette réaction ne me perturbe pas serait un hor-
rible mensonge. Une chance que Fred, déguisé en Capitaine
Static, est demeuré dans mon camp ! Il hurle pour m'encourager :

*VIVE LE
CAPITAINE STATIC !
QUI S'Y FROTTE… S'Y TIC !
QUI S'Y FROTTE… S'Y TIC !*

L'arbitre annonce :

— **À ma gauche, Paul Magnétic !**

Des cris éclatent… pour rien. Il n'est pas là ! Il brille… par son absence, le Magné**TIC !**

Les gens manifestent leur impatience. Coup de sifflet de l'arbitre. Nikolas reprend son porte-voix.

— **Et à ma gauche... Paul Magnétiiiic !**

Il étire les voyelles pour gagner du temps.

— Je vais lui décerner deux minutes de pénalité pour avoir retardé le match, soupire-t-il, agacé.

Soudain, un éclair éblouit tout le monde, suivi aussitôt d'une forte détonation. Le souffle de l'explosion est assez colossal pour nous renverser, l'arbitre et moi, et pour semer la stupeur chez le public.

Je devine que tout ceci n'a rien de naturel, évidemment. Il n'y a pas l'ombre d'un nuage au-dessus de nos têtes.

Ce phénomène signale l'apparition d'un Paul Magnétic étincelant de lumière. Il est entouré de sa Bande Magné**TIC !** Mes ex-Fana**TIC**s ! sont dirigés par Carrie, l'une de mes anciennes admiratrices.

Paul Magnétic lève les bras au ciel, à la manière d'un gladiateur certain de sa victoire prochaine. Entre ses mains, il modèle une boule d'énergie, qu'il rabat violemment au sol pour créer une deuxième onde de choc assourdissante.

En dépit de la démonstration destinée à me troubler et à impressionner les esprits faibles, je demeure de glace, debout face à lui.

— Tu ferais mieux de reculer, Nikolas. Ça pourrait devenir dangereux, prévient Paul Magnétic.

L'arbitre répond par une moue. Il nous commande de le rejoindre. Ce faisant, les membres de la Bande Magné***TIC!*** délaissent leur idole pour aller s'asseoir dans les gradins.

Les traits sévères, Nikolas Tesla nous rappelle les règles du duel, établies par les deux clans.

— Le vainqueur est celui qui pousse l'autre hors du CIEL…

Je découvre alors que deux jeux de marelle, tracés à la craie, s'opposent sur l'asphalte. Chacun comporte le mot CIEL à la place du nombre 9.

Chacun des rounds durera deux minutes. Il y aura une pause d'une minute entre chaque round.

— Je ne tolérerai aucune insulte personnelle, gronde l'arbitre. Sinon, je vous envoie au banc des pénalités et…

Il se rend compte qu'il n'est pas dans un aréna.

— Allez! Serrez-vous la main…

Sans y penser, je me suis exécuté. Trop tard…

Paul Magnétic a empoigné ma main et il la broie tout en m'assénant une dose massive et douloureuse de son énergie.

Chapitre 4

Je suis pris au piège magnétique. Mon adversaire m'a surpris en saisissant ma main dans un étau. Il m'administre un aperçu de ce qui m'attend au cours des prochaines minutes. La foule, d'abord étonnée, trépigne d'excitation et manifeste déjà ses encouragements.

Je ne baisse pas les yeux. Je résiste au besoin de secouer ma main pour en chasser l'engourdissement.

Chacune des interventions de Nikolas Tesla est ponctuée d'un coup de sifflet, instrument qu'il a constamment à la bouche. Et il arrive, malgré cela, à parler !

Cette fois-ci, le public se tait tandis que la tension monte d'un cran dans chacun des groupes de partisans.

Nous devons faire dix pas et nous retourner. Pour s'assurer que tout se fasse dans les règles, l'arbitre s'occupe de compter les pas.

— 8, 9, 10 ! Retournez-vous !

Nous lui obéissons en même temps.

Les bras légèrement repliés vers l'avant, les deux pieds bien au centre de ma case CIEL, je suis prêt à faire feu. Qui tirera le premier ?

Paul Magnétic me lance :

— *À toi de jouer !*

Mon adversaire a les mains rapprochées devant lui. Ainsi, il peut à tout instant créer une boule de foudre et me l'expédier par la tête.

Comme je le faisais durant mes répétitions devant mon miroir, je lui demande :

— *C'est à moi que tu parles ?*

Une rafale balaie un tourbillon de poussière, qui roule entre nous deux. Dans l'assistance, quelqu'un joue un air lancinant d'harmonica. Des murmures d'impatience se répandent parmi la foule. Du coin de l'œil, j'entrevois l'arbitre, sifflet au bec, qui consulte son chronomètre.

— **FEU!** hurle une voix dans les gradins.

L'ordre déclenche les hostilités. Paul Magnétic décoche un tir en ma direction. À la seconde près, j'envoie un éclair statique. Les deux sources d'énergie se heurtent à mi-chemin, au-dessus de ce que l'on pourrait qualifier d'espace neutre, à la hauteur de la position de l'arbitre. Celui-ci a pris la sage décision de battre en retraite.

Le début de la bataille a curieusement imposé le silence au public qui retient son souffle.

Poussés de part et d'autre par nos pouvoirs respectifs, la boule de foudre et l'éclair statique semblent frapper un mur invisible, produit par le camp adverse. Il y a présentement, entre nous deux, une spectaculaire confrontation au sommet énergétique, marquée de crépitements incessants. Une odeur écœurante de soufre se répand dans les environs.

Paul Magnétic est-il à pleine puissance, comme le générateur de Van de Graaf cette semaine? Ou fait-il durer le plaisir pour m'humilier davantage? Par contre, je sais que de me mesurer à sa charge exige un effort inouï de ma part, ce qui ne semble pas le cas pour lui.

L'arbitre annonce:

— **_Trente secondes!_**

Le visage crispé, je replie mes bras pour rassembler toutes mes forces, puis je projette brusquement vers l'avant un éclair d'énergie. Mon geste ébranle un peu Paul Magnétic qui, surpris, recule d'un pas. Ma manœuvre sème des murmures parmi la foule.

De sa main gauche, mon vis-à-vis contrôle mon offensive. Durant ce temps, sa main droite se détache de l'autre et crée une nouvelle sphère, plus petite que la précédente.

Sans avertissement, il me l'envoie tel un lanceur au base-ball, qui sert une courbe à un frappeur.

Concentré sur la charge initiale de mon ennemi, je vois d'un œil inquiet cette autre boule scintillante filer vers moi en suivant une trajectoire difficile à prévoir.

À mon tour, ma main gauche délaisse la droite pour effectuer un tir en direction de la sphère. Je réplique avec ce qui me reste de force pour bloquer le jet. Ce faisant, j'affaiblis ma position. Immédiatement, je suis bousculé à distance par Paul Magnétic.

En agissant ainsi, je cours le risque d'être propulsé hors de mon CIEL. Je suis pris entre deux feux !

Alors que j'appréhende le choc, la plus petite sphère ne m'atteint pas, mais exécute des cercles très rapides autour de moi. Elle me soulève de terre ! Je flotte dans l'air, à la merci de Paul Magnétic, qui me maintient à près de deux mètres au-dessus du sol.

Je ne suis plus chargé, au contraire de lui. Tandis que la sphère tournoie autour de moi, Paul Magnétic crée une nouvelle boule de foudre avec ses mains.

Sauvé par la cloche!

Nikolas Tesla se plante devant un Paul Magnétic frustré de n'avoir pu conclure sa mission.

— Défense de tirer! Et tu redescends le Capitaine Static!

Sans aucune hâte, mon rival claque des doigts et la boule autour de moi disparaît dans un violent coup de tonnerre. Je chute durement par terre.

— **Aïe!**

Assis et ébranlé, je masse ma cheville endolorie. Probablement une foulure. Encore chanceux! J'aurais pu me briser une jambe et, pire, être jeté à l'extérieur de mon CIEL, si le round avait duré cinq secondes de plus.

Van de Graaf se précipite à mon secours pendant que Paul Magnétic remballe sa sphère. Mon adversaire est subitement entouré par sa Bande Magné**TIC!** Agacé par leur présence, le super-héros les écarte d'une chiquenaude énergétique, qui les renverse comme des quilles. Carrie proteste :

— Eh! En voilà des manières de traiter tes *fans*!

— Dégagez, les bobines! Je vous ai assez vues! riposte Paul Magnétic.

Conscient d'avoir dominé ce premier round, Paul Magnétic ne se gêne pas pour fanfaronner.

— C'est ça, votre Capitaine Static? Je vais le réduire en pièces! Il n'y aura plus qu'un seul super-héros dans cette ville, et ce sera moi! clame-t-il.

Van de Graaf m'aide à me rendre dans mon coin. L'arbitre est sur nos talons.

L'arbitre réintègre le centre de ce que l'on considère comme l'arène. Malgré la douleur à ma cheville, je frotte mes pantoufles sur le morceau de tapis qu'a apporté mon ami. Soudain, Van de Graaf sursaute, comme s'il venait d'encaisser une décharge électrique. Une étincelle brille dans ses yeux. Il me dit :

— Gagne du temps ! Je reviens !

Il s'éloigne en courant et disparaît derrière les gradins.

Paul Magnétic, lui, veut poursuivre. D'un geste de la main, je demande le prolongement de la période d'arrêt.

— Mon entraîneur est parti pour… pour… une pause-pipi.

L'arbitre tape du pied en signe d'impatience. Il consulte sa montre.

— Je lui donne une minute, puis on recomm…

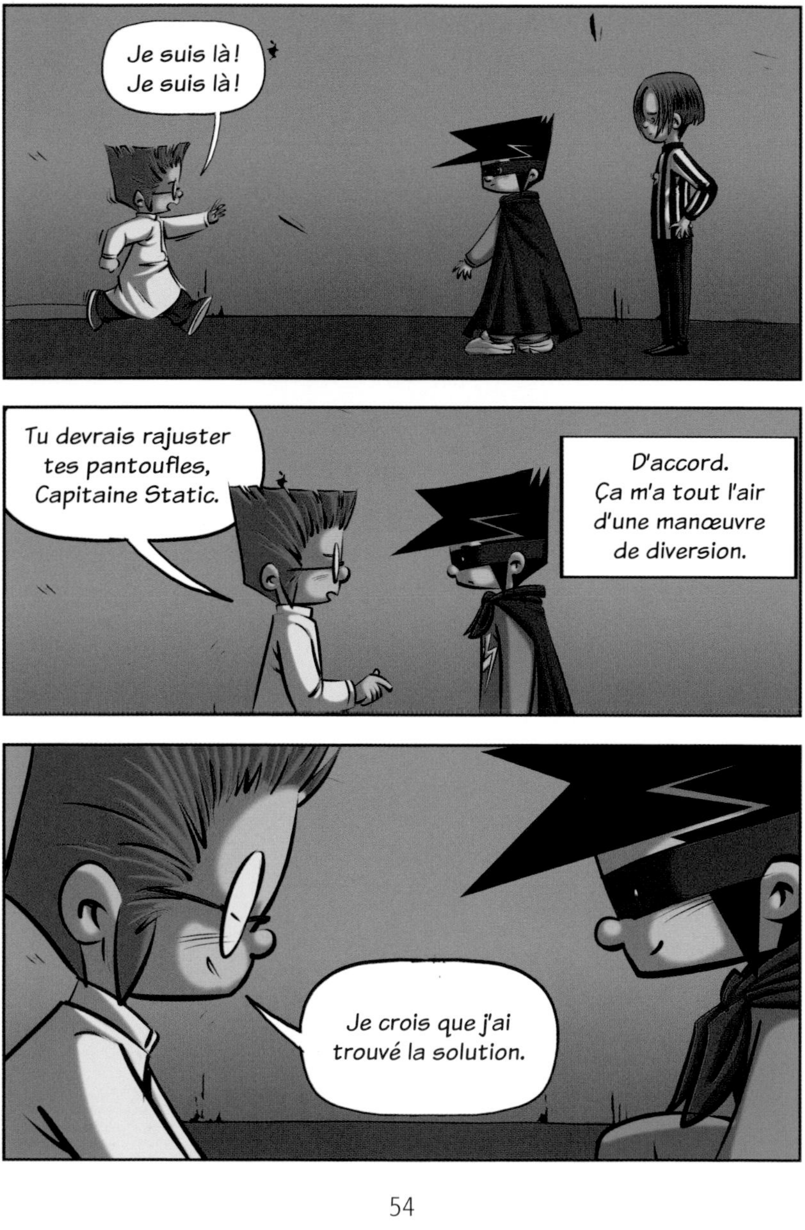
Je suis là ! Je suis là !
Tu devrais rajuster tes pantoufles, Capitaine Static.
D'accord. Ça m'a tout l'air d'une manœuvre de diversion.
Je crois que j'ai trouvé la solution.

Je me penche pour rajuster mes pantoufles. C'est du moins
l'impression que ça donne… Je me relève.

Chapitre 5

— Début du deuxième round! siffle Nikolas Tesla.

Je distingue clairement cette fois-ci des encouragements à mon égard. Parmi les voix, je reconnais celle de Pénélope! Ça me procure un regain d'énergie. Je sens qu'il ne faudrait pas grand-chose pour que l'appui du public tourne en ma faveur.

Paul Magnétic et moi sommes dos à dos et je remarque, par son soupir d'agacement, qu'il n'est pas insensible à l'ambiance.

Tu es coriace,
Capitaine Static.
Sauf que la partie
de plaisir s'achève.

L'arbitre se met à compter pour que nous exécutions nos dix pas réglementaires. Chaque avancée me fait grimacer de douleur en raison de ma cheville foulée.

Mon adversaire pivote vivement sur ses talons. Je n'ai pas le temps de lui faire face. Mon pied n'est pas encore posé dans le CIEL de mon jeu de marelle que je reçois une décharge dans mon dos. J'ai la sensation que Paul Magnétic m'a sauté dessus et rudement jeté par terre.

Mon corps se cabre sous l'effet du choc. J'en perds le souffle ; je me sens comme un poisson hors de l'eau.

Couché sur mon flanc, j'essaie de récupérer de cette frappe traîtresse de mon opposant. J'ai les oreilles qui bourdonnent, ce qui ne m'empêche pas d'entendre la foule maugréer contre le geste malhonnête.

Tricheur!

Non! Tu n'as pas gagné. Le Capitaine Static est toujours dans sa zone.

Ça peut s'arranger.

Paul Magnétic se tourne vers la foule et il montre son pouce levé, tel un gladiateur en quête d'une réponse. Il est désagréablement étonné de découvrir que la majorité des spectateurs, dont des membres de la Bande Magné**TIC**, stimulés par Fred et Carrie, maintiennent le pouce levé, signe qu'ils souhaitent que je sois épargné.

À l'opposé, Miss Flissy, Gros Joe et leurs complices baissent le pouce. Leur geste est sans équivoque et vient renforcer les intentions premières de Paul Magnétic : il va me terrasser. Je m'apprête à subir ses foudres…

Ses mains créent une sphère. Il y met sûrement toute la gomme, car la boule passe d'un blanc scintillant à un rouge vif et menaçant.

Avec une rapidité de réflexe développée grâce à mon entraînement chez Van de Graaf, je me redresse à la surprise de tous et
je lui envoie une fulgurante décharge d'électricité statique.

Stupéfait par ma récupération soudaine et inattendue, Paul Magnétic est trop lent à réagir. Il encaisse mon attaque et est soulevé de terre. Il s'écrase au sol plusieurs mètres plus loin.

Cette boule d'énergie qu'il me réservait éclate alors sur sa tête, avec un terrible éclair rouge, accompagnée d'un grondement de tonnerre qui fait vibrer dangereusement les vitres de l'école, et en fracasse quelques-unes.

Telle une marionnette dont on aurait coupé les fils, Paul Magnétic s'effondre, hors combat. Des filets de fumée s'échappent de son costume, réduit en lambeaux. Un lourd silence sévit parmi le public, comme s'il absorbait le choc.

Je souffle sur le bout de mon doigt.

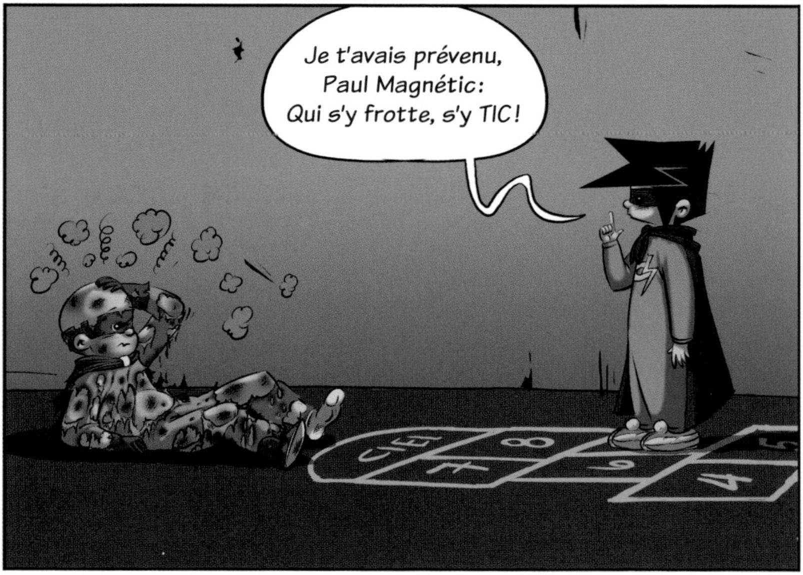
Je t'avais prévenu, Paul Magnétic: Qui s'y frotte, s'y TIC!

Puis, une nouvelle explosion se produit, mais c'en est une de joie accompagnée d'un tonnerre d'applaudissements. La foule manifeste son bonheur face au dénouement de ce duel de super-héros.

Je me rends en boitant jusqu'à l'arbitre Tesla. Il s'empare de son porte-voix pour confirmer le résultat déjà connu de tous.

Paul Magnétic ayant été propulsé hors du CIEL, le vainqueur du duel des super-héros est le Capitaine Static!

Le public multiplie les acclamations pendant que Paul Magnétic se relève péniblement, encore secoué et chancelant. Il constate que les spectateurs, mécontents et révoltés de son attitude, me soutiennent dorénavant. Même les membres de sa Bande Magné**TIC!** le laissent tomber.

— Tu n'es plus un modèle pour nous, Paul Magnétic! déclare Carrie.

Elle arrache l'écusson de son costume et le lui lance avec mépris à ses pieds. Son geste est repris par les autres membres de l'ancien fan-club. Le petit groupe s'amène ensuite vers moi.

— Mais le Capitaine Static, oui! Il est notre modèle! leur rappelle le toujours fidèle Fred.

Carrie s'adresse à ses amis et hurle:

— ***Qui s'y frotte...***

— S'y *TIC!* répondent les Fana**TIC**s!

Avec l'expression de celui à qui on vient de jouer un sale tour, Paul Magnétic rejoint l'arbitre qui déclare:

— Messieurs, dans un esprit sportif, serrez-vous la main.

Je la présente sans crainte. Paul Magnétic s'exécute mollement, officialisant ma victoire devant tous. Je croise le regard complice de Van de Graaf! Ce triomphe est également le sien.

Paul Magnétic relève la tête. Ses yeux projettent des éclairs.

Sans dire un mot, mon adversaire recule de quelques pas, le visage rougeaud.

Je suis désarmé. Puisque j'ai mis toutes mes forces dans mon attaque, je ne suis plus chargé. Il m'est impossible pour le moment de refaire le plein d'électricité statique.

Avec une certaine appréhension, je vois Paul Magnétic rapprocher ses mains. J'avertis mon entourage :

— Dépêchez-vous de vous éloigner !

L'arbitre Nikolas Tesla n'a pas le temps d'intervenir. Les anciens de la Bande Magné**TIC**, redevenus des Fana**TIC**s !, font un barrage devant moi pour me protéger.

— C'est inutile ! leur dis-je, en les repoussant de mon bras du rayon d'action de Paul Magnétic.

Agressif, le super-héros déchu se concentre sur ses mains jointes.

Mais rien ne se produit !

Saisi de panique, il recommence son manège avec un résultat identique, semant la consternation chez ses rares alliés.

— Eh ! Ce n'est pas Harry Potter, ici ! lui dis-je avec un sourire moqueur.

Est-ce la conséquence de mon offensive ou du fait d'avoir contré l'explosion de la boule de foudre rouge ? Comment savoir ? Une chose est sûre : Paul Magnétic a perdu ses pouvoirs… Il n'est plus un héros, encore moins un super !

— On n'est plus avec toi, Paul Magnétic ! s'exclament Miss Flissy et ses Flissynettes, avec Gros Joe, pressés de fuir.

Abandonné de tous, mon adversaire déguerpit à son tour. Sortie honteuse pour celui qui voulait me remplacer à titre de super-héros de MA ville… Je lui crie :

PM, c'est pour Pile Morte !

Sa défaite est totale…

Épilogue

Le lundi matin, à l'école, il n'y a plus aucune trace de Paul Magnétic. Le garçon au crâne chauve aurait quitté la ville à ce que l'on raconte dans les couloirs.

Pour ma part, je renoue avec les hordes de *fans*. La nouvelle de ma victoire de samedi soir m'a précédé. Le fait de marcher avec des béquilles, à cause de ma cheville foulée, accroît mon capital de sympathie.

Cette gloire retrouvée rejaillit sur Van de Graaf, même s'il préfère demeurer dans l'ombre. Après tout, c'est grâce à lui si j'ai pu remporter le duel des super-héros.

Il fallait trouver le moyen de réduire les effets de la puissance de Paul Magnétic. Si celui-ci avait touché la cible, moi en l'occurrence, l'impact aurait été dévastateur. Ça, mon ami le savait.

À l'issue du premier round, il a donc eu cette brillante et soudaine idée : une mise à la terre, une discrète chaîne de fer insérée dans chacune de mes pantoufles, afin qu'une partie de la charge ennemie ne fasse que passer dans mon corps et soit évacuée dans le sol. En quelque sorte, j'étais transformé en paratonnerre. Grâce à mon pouvoir, j'ai pu supporter ce bref transfert d'énergie, aussi formidable fût-il.

Ironiquement, j'accumulais aussi la partie restante de la frappe de Paul Magnétic, ce qui m'a servi pour mon attaque-surprise. Il a été l'artisan de son propre revers.

Paul Magnétic a été carrément berné !

Sans la mise à la terre, pensée par Van de Graaf, les dégâts auraient été considérables. Les assauts répétés de Paul Magnétic m'auraient achevé. Et l'unique super-héros de la ville afficherait, sur son costume, les lettres PM.

Enfin, les Fana*TIC*s! sont vraiment de retour dans mon camp. Nous avons fait un compromis. J'ai juré d'accorder à mes admirateurs l'attention que leur dévouement mérite. De leur côté, il a été convenu qu'ils me laisseraient de l'espace pour respirer et circuler à ma guise, et qu'ils ne seraient pas continuellement dans mes jambes.

De mon sac d'école, je tire une paire de pantoufles, que je tends à Carrie, décorée par Fred du titre de Fana*TIC*! du mois.

Ses yeux brillent de mille feux.

Emportée d'émotions, Carrie se met à chanter la chanson thème du Capitaine Static:

Qui est ce nouveau héros fantastique
À la personnalité magnétique?
Découvrez un super pouvoir unique.
Préparez-vous à un choc électrique!
C'est au bout de ses doigts
Que l'énergie se voit...

Refrain:
Static! C'est le Capitaine Static!

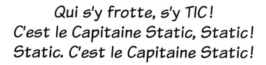

Qui s'y frotte, s'y TIC!
C'est le Capitaine Static, Static!
Static. C'est le Capitaine Static!

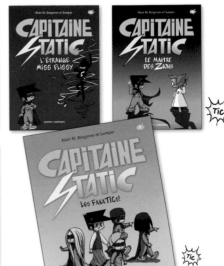

Série Capitaine Static

Grâce à ses pouvoirs, Charles Simard n'est pas un garçon comme les autres… mais un héros fantas…! Soyez-en averti, qui s'y frotte s'y ! Telle est la devise du Capitaine Static, la vedette d'une bande dessinée électrique!

Des mêmes créateurs

COLLECTION SAVAIS-TU **?**
64 titres parmi lesquels

Savais-tu? Les Vers de terre, bande dessinée-documentaire, Éditions Michel Quintin, 2015.
Savais-tu? Les Phacochères, bande dessinée-documentaire, Éditions Michel Quintin, 2015.

SÉRIE BILLY STUART
11 titres parmi lesquels
Billy Stuart 10 – La Déesse de la foudre, bande dessinée, Éditions Michel Quintin, 2015.
Billy Stuart 9 – Le Grand Désastre, bande dessinée, Éditions Michel Quintin, 2015.

Alain M. Bergeron

Anciennement journaliste, Alain M. Bergeron se consacre entièrement à l'écriture depuis 2005. Être lu par les jeunes est l'une de ses plus grandes joies. Tant mieux, puisque les enfants élisent régulièrement ses livres comme leurs préférés ! Avec plus de 200 livres publiés chez une douzaine d'éditeurs, Alain M. Bergeron est l'un des auteurs les plus prolifiques et les plus populaires au Québec. Son succès dépasse maintenant nos frontières, puisque ses livres sont traduits en plusieurs langues et disponibles dans de nombreux pays.

Sampar

Illustrateur complice d'Alain M. Bergeron, Sampar — alias Samuel Parent — est celui qui a donné au Capitaine Static sa frimousse sympathique. En duo, Alain M. Bergeron et Sampar signent plusieurs ouvrages, notamment les livres de la série *Billy Stuart* et ceux de la collection Savais-tu ? chez Michel Quintin. En solo, Sampar est l'auteur des bandes dessinées de la série *Guiby*.

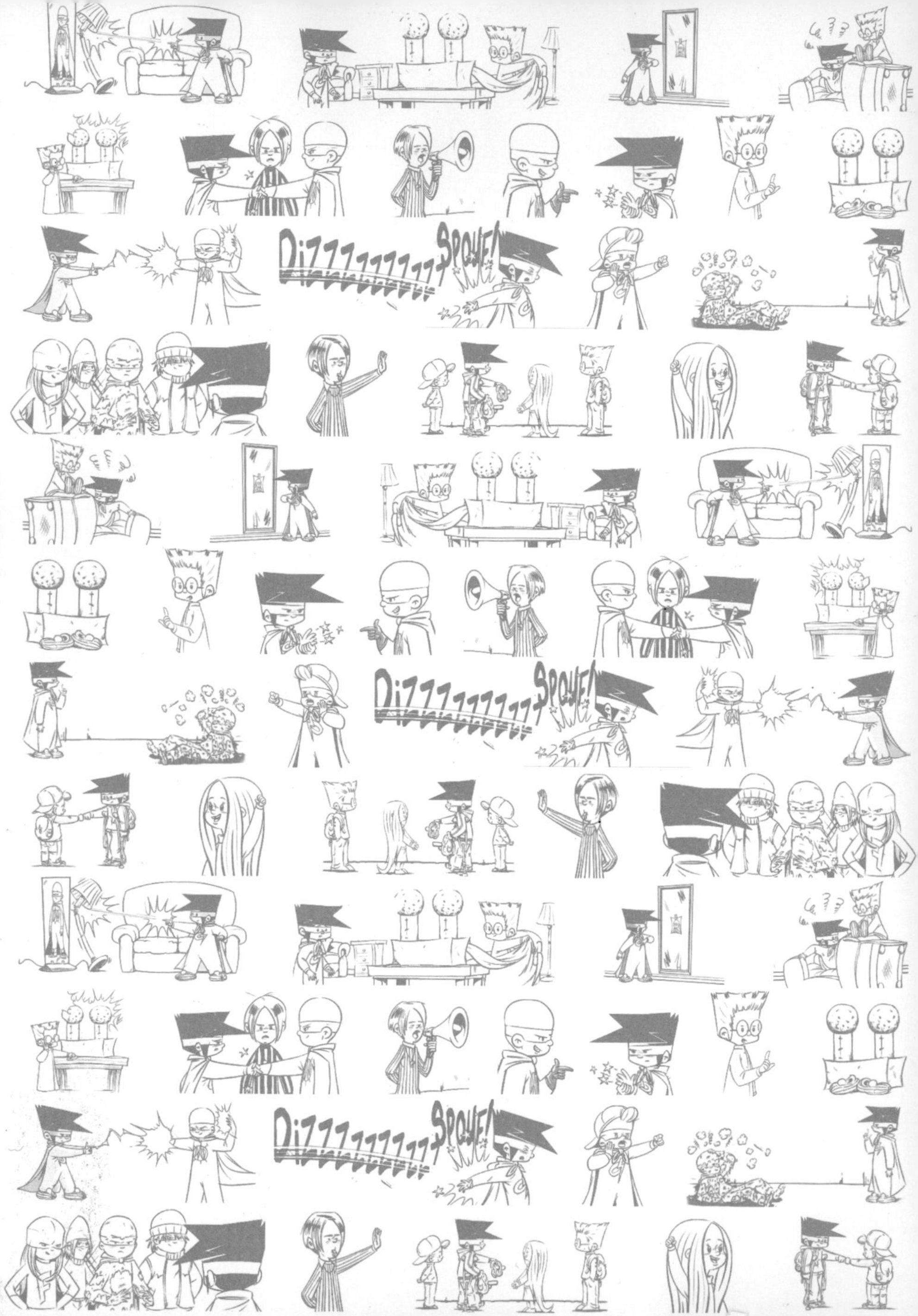